UN COMPAGNON
POUR ELVIRA

Cécile Gagnon

illustré par
Barroux

Collection Plus
dirigée par Françoise Ligier

Cécile GAGNON est née à Québec. Elle adore les randonnées, la natation et les voyages. Mais rien ne la comble autant que la lecture et l'écriture.

Cécile a dirigé les cahiers *Passe-Partout*, la revue *Coulicou* et la collection Libellule aux Éditions Héritage. Elle a écrit de nombreux romans et albums pour les jeunes de même que des pièces de théâtre. Elle a publié deux anthologies de contes aux éditions Milan.

Ses ouvrages ont mérité de nombreux prix. *Un compagnon pour Elvira*, la suite de *Sortie de nuit*, est son quatrième titre dans la collection Plus.

BARROUX a choisi de graver chaque image sur une plaque de linogravure pour nous faire apprécier ses beaux contrastes de noir et de blanc. Il a étudié le graphisme à Paris. Barroux a aussi illustré, dans la collection Plus, *Sortie de nuit*, *Les moutons disent non*! et *L'Étoile de l'an 2000*.

1

La boule à zéro

 **Debout derrière le comptoir, Elvira ne se sent pas très rassurée.** Récemment engagée au dépanneur de Saint-Sébastien, voilà que commence la nouvelle vie qu'elle espérait depuis si longtemps. Cela fait, en effet, 146 ans qu'elle prépare sa sortie du petit cimetière de Mandigo Corners où elle reposait*.

Imaginez le défi : elle devait rattraper une centaine d'années de progrès ! En

---

* Voir *Sortie de nuit*.

entrant dans le magasin, à 19 heures, elle avait bien aperçu des rangées de produits inconnus, des glacières sans glace, des appareils garnis de boutons, des boîtes, des tubes, des bouteilles remplies de toutes sortes de matières dont elle n'avait jamais entendu parler. Un peu plus tard, elle se mit à examiner les étiquettes de ces marchandises inconnues.

Soudain, un bruit de plus en plus assourdissant se fait entendre. La pétarade s'arrête net devant le magasin. La porte claque et trois grands gars vêtus de blousons de cuir noir, constellés de clous brillants, entrent en réclamant de la bière, beaucoup de bière.

Elvira, moins que faraude, fait un geste un peu vague pour indiquer les piles de caisses alignées le long du mur. Alors, sans dire un mot, les trois gars se servent eux-mêmes. Elvira est bien soulagée. Puis, le plus costaud s'approche du comptoir

pour payer. La boule à zéro, le regard farouche, trois anneaux dans l'oreille gauche, il fixe Elvira dans les yeux. Elvira lui sourit de toutes ses dents et lui dit d'une voix douce :

— Je suis la nouvelle vendeuse.

Les trois motards, serrés devant le comptoir, se tiennent face à elle, muets de stupéfaction et immobiles. Petit à petit, ils se ressaisissent, car ce sont des durs et ils en ont vu d'autres. Ils se disent : « Un cadavre ou un squelette, qu'importe s'il vend de la bière ! Et puis, c'est peut-être tout simplement un déguisement. » L'un d'eux lance aux copains :

— Hé ! Alphonse. *Check* le coco !

— Vous êtes pas mal à la mode ! dit le second en passant la main sur son crâne rasé.

— Je m'appelle Elvira.

— Salut Elvira, la *skinhead* ! On reviendra ! lance le troisième en sortant avec les caisses de bière.

La porte se referme sans bruit. Aussitôt la pétarade reprend et les trois motards disparaissent sur la longue courbe d'asphalte lisse toute luisante de pluie. Elvira suit le mouvement des feux arrière qui percent la nuit. Ouf! Elle a survécu à sa première épreuve. Mais une interrogation lui trotte dans le crâne. «Ils avaient une drôle d'allure, ces trois clients sans un poil sur le caillou. Sont-ils chauves? se demande-t-elle. Ils m'ont appelée «la *skinhead*»... Une drôle d'expression! On aurait dit qu'ils me faisaient un compliment! Peut-être croyaient-ils vraiment que j'avais de la peau sur le crâne?»

Les clients du dépanneur se font rares en cette première nuit. Alors, Elvira s'empresse de dévorer les journaux et les magazines étalés dans les présentoirs, histoire de se mettre à jour. C'est ainsi qu'elle obtient bien vite réponse à ses questions en regardant les nombreuses

photos. Les athlètes, les vedettes de la télé, les chanteurs en vue, qu'ils soient franco-phones ou anglophones ont, eux aussi, la boule à zéro. Elle comprend vite fait que les « cocos » et les « *skinheads* » ne souffrent pas de calvitie, ils suivent plutôt les règles de la dernière mode. « À la bonne heure ! » pense Elvira. « Cette mode des crânes rasés fait bien mon affaire. Moi, avec ma tête "nu-fesses", je serai dans le ton. Et sans rasage, garanti ! »

Ensuite, elle s'applique à lire attenti-vement toutes les étiquettes des boîtes, des pots et des emballages disposés sur les étagères. Elle apprend à différencier les céréales, les croquettes pour chiens, le maïs soufflé et les croustilles. Et prenant son nouveau métier à cœur, elle dispose en rangs sur le comptoir les gros bocaux remplis de bonbons colorés.

Puis, elle essaye plusieurs échantillons de gomme à mâcher. Elle fait claquer ses dents avec plaisir! Elvira mastique bruyamment une gomme collante, mauve et qui, dit l'emballage, fait des bulles. Des bulles! Elvira se demande bien comment s'y prendre. Elle continue de mâcher en se proposant de demander des explications en temps et lieu.

Enfin, il est deux heures du matin, c'est l'heure de la fermeture. Elvira éteint l'enseigne lumineuse à l'extérieur et elle se dit qu'il est temps de penser à son allure.

2

Une nuit
trop courte

Avant d'aller dormir, Elvira inspecte les lieux pour trouver des vêtements. Dans une remise, un sarrau tout propre pend à un clou. Elvira l'essaye et constate qu'il lui va comme un gant. Et justement, c'est à des gants qu'Elvira pense surtout. Car si monsieur Truchon, le propriétaire du dépanneur, a perdu la tête en touchant ses doigts, l'affaire pourrait bien se répéter...

En examinant minutieusement le rayon des produits d'entretien, Elvira trouve une boîte contenant un rouleau de gants de plastique d'une belle couleur rose. Elle en détache une paire qu'elle enfile avec soin.

Puis, elle se met à réfléchir à la tenue des trois motards. C'est vrai que ça lui irait bien, à elle aussi, des anneaux aux oreilles. Mais comment faire quand on est un squelette? Elvira va renoncer en soupirant à cette coquetterie quand une idée géniale lui vient. Tout près de la caisse, une boîte contient des anneaux bien brillants, de différentes tailles. Ils servent à tenir les clés ensemble.

— Mmmm... Voilà ce qu'il me faut, dit-elle.

Et grâce à la gomme à mâcher mauve toujours entre ses dents, bien réchauffée, bien collante, Elvira met en place, de chaque côté de son visage, deux anneaux brillants du plus bel effet. Elle jette un coup d'œil dans le miroir et se trouve fort à son goût avec ses anneaux brillants.

Enfin, Elvira ouvre une porte et découvre un escalier de bois. Il mène à l'étage à une chambre qu'elle trouve ravissante. Les fenêtres qui donnent sur la rue sont garnies de rideaux pimpants. Quelques réverbères illuminent la route, bien calme à cette heure tardive. Et là-bas, au détour de la longue courbe, Elvira croit reconnaître la silhouette du grand orme qui abrite la maison où elle a passé une si belle nuit d'Halloween. « Le paysage n'a pas tellement changé depuis ma jeunesse. Bien sûr, mon village a disparu et la route est pavée. Mais l'arbre que je vois au loin est sûrement celui qui poussait au bord de notre chemin. Au fond, ce nouveau village vaut bien celui d'autrefois », réfléchit Elvira.

Elvira décide de s'installer définitivement et de prendre en charge la marche du magasin. Il sera bien temps de modifier ses horaires, si jamais monsieur Truchon revient. Pour le moment, en tout cas, c'est

elle la patronne. L'esprit en paix, Elvira s'allonge sous la courtepointe et, soupirant de contentement, s'endort profondément.

3

De nouveaux clients

 **Elvira ne dort pas long-temps. Un nouveau vacarme la sort bruta-**lement de son sommeil et fait trembler les murs de la maison. Il lui semble qu'il est encore bien tôt pour recevoir des clients.

Elvira saute du lit et écarte le rideau. Ce qu'elle voit la laisse bouche bée. L'aube vient à peine de se lever. Un énorme engin jaune transporte des gravats à l'aide d'une pelle géante sur le bord de la route. La route ! Devant le magasin, où la courbe

s'accentue, elle n'est plus qu'un vaste chantier où la terre mise à nu est parsemée de trous! Toute la circulation est détournée. Les volets de la vieille maison de bois, qui occupe le terrain d'en face, sont fermés et ses portes barricadées.

Plus loin, une autre machine tout aussi bruyante fait éclater l'asphalte en morceaux. Deux camions, phares allumés et moteurs en marche, attendent sur le bas-côté. Toute une équipe de gars et de filles, coiffés de casques, s'agitent autour des machines. Elvira, qui n'a jamais vu de si près des engins aussi prodigieux, examine avec attention tout ce qui défile devant sa porte.

Intriguée, elle met son sarrau, enfile ses gants roses et descend l'escalier. Elle sort et, prenant son courage à deux mains, elle s'apprête à interpeller un ouvrier casqué quand celui-ci lui lance :

— À quelle heure ouvre le dépanneur?

— Euh... à sept heures, balbutie Elvira.

— Préparez-vous ! Vous allez avoir des clients réguliers ! Faites provision de Pepsi glacé.

Elvira hoche la tête. Mais elle ne sait toujours pas ce qui se passe.

— Vous restez longtemps ? hurle-t-elle pour couvrir le bruit ambiant.

— Au moins un mois ! On veut finir avant Noël.

— Finir ?

— On refait la route. La courbe va être redressée. Il y a trop d'accidents ici, paraît-il, dit l'homme en indiquant vaguement un panneau fiché dans la terre. Et cette maison-là..., poursuit-il en montrant la demeure voisine.

— Oui ?

— On va la déplacer pour la mettre ailleurs. Ah ! Saint-Sébastien ne sera plus pareil après. Une belle route bien large et bien droite. Un gros chantier. Préparez-vous.

Vous allez gagner gros avec nous! s'empresse d'ajouter le contremaître.

Elvira prend soudain connaissance du grand panneau dont elle avait fait peu de cas avant ce matin. Cette fois, elle s'approche pour lire ce qui est écrit :

MINISTÈRE DES TRANSPORTS
redressement de la courbe

ROUTE 133
début des travaux
2 NOVEMBRE

Pas de doute, il y aura des clients dans les jours à venir.

Rentrée en vitesse, Elvira noue autour de son cou un mouchoir de coton rouge qu'elle a trouvé dans la chambre, ajuste ses anneaux puis remplit les frigos de Pepsi. Elle sera prête à sept heures.

4

Bonbons et ragots

 **Les jours suivants, une foule de badauds défile devant le magasin.** Parmi eux, plusieurs finissent par entrer acheter un journal ou un briquet jetable. Certains viennent uniquement pour piquer une jase avec Elvira. À la sortie, les commentaires fusent :

— Drôle de spécimen, la vendeuse !

— Au moins elle cause ! Truchon n'était pas bien jasant, lui !

Tous s'habituent à la présence d'Elvira et le dépanneur devient vite le centre du monde. Les travailleurs en font leur lieu préféré pour faire la pause et bavarder un peu en achetant des boissons de toutes sortes. Les habitants, curieux, veulent voir comment progressent les travaux de voirie. C'est bien normal. Tout cela amène beaucoup de clients. Elvira ne s'en plaint pas.

Bientôt, tous les habitants du village savent qu'il y a du nouveau au dépanneur. Une nouvelle vendeuse. Et quelle vendeuse ! Le facteur, qui l'a vue de ses yeux en lui apportant une lettre, s'est chargé de la décrire aux autres.

Et puis, en moins d'une semaine elle connaît tous les ragots et les derniers placotages du canton. Mine de rien, elle se renseigne sur les noms et les usages tant des produits qu'elle vend que des véhicules qui ne cessent de circuler devant sa porte. Maintenant, elle se sent acceptée par les villageois. Et ce sentiment est fondé car, un matin, Elvira ouvre une enveloppe aux

timbres colorés que lui remet le facteur.
Voici ce qu'elle découvre à l'intérieur :

Mademoiselle Elvira Arsenault,

Je vous lègue mon commerce, la maison et tout ce que cela comporte. J'ai réalisé que je n'avais plus l'âge de tenir boutique. Et puis, mes nerfs ne supportent plus le drôle de monde qui circule aujourd'hui sur les routes.

Je m'installe au chaud, en Afrique, loin de tout.

Je vous souhaite bonne chance,

Armand Truchon

P.-S. *Vous trouverez tous les documents utiles dans mon coffre à outils.*

Cette lecture la comble d'enthousiasme et de joie. « Me voici donc patronne de bon droit », se dit-elle.

Maintenant, tous les enfants du coin prennent le chemin de l'école bien plus tôt que de coutume et font même quelques détours pour passer devant le dépanneur. On le sait, ils affectionnent les bulldozers, les grues mécaniques, les concasseurs d'asphalte et toutes les machines aux ronrons assourdissants. Excités et fébriles, ils observent les manœuvres et escaladent les tas de pierraille pour mieux commenter l'adresse des opérateurs d'engins.

Sans aucun doute, les travaux de voirie sont pour eux l'événement de l'année.

Et tout doucement, ils finissent par s'habituer à la nouvelle patronne du magasin. Trois premiers enfants entrent d'un pas incertain et vont droit au comptoir où trônent les bocaux pleins de bonbons.

— Combien coûtent les bonbons rayés rouge et blanc? demande le plus hardi.

— Les boules à la menthe? Un cent chaque, dit Elvira. Les jaunes sont au citron.

— Un sou noir! s'étonne un gamin.

Les trois enfants se regardent.

— Les prix baissent, chuchote l'un d'eux en vidant les poches de son blouson.

Dans le petit monde des écoliers, la nouvelle se répand comme une traînée de poudre. Le dépanneur offre de véritables aubaines! Aussi le magasin est-il toujours plein d'enfants. Les ouvriers de la voirie continuent, eux, de réclamer leur Pepsi quotidien. Elvira fait vraiment partie de la vie du village.

5

Une trouvaille

 **Un matin, les camions, rouleaux et pelles mécaniques se taisent.** Les travaux seraient-ils terminés? Pourtant, la route ressemble toujours à un terrain vague.

Et voilà que surgit un lourd camion tirant une gigantesque plate-forme sur roues. Des opérateurs de treuils soulèvent la maison d'en face et la déposent sur la plate-forme. Bientôt, celle-ci s'éloigne vers un nouveau site. Son départ laisse un grand vide. Debout à la fenêtre du magasin,

Elvira n'en revient tout simplement pas. Il faudra bien qu'elle retourne au cimetière pour raconter ça à ses anciens compagnons ! Transporter une maison... Jamais elle n'aurait cru que c'était possible. Mais elle est bien trop occupée pour penser à faire des visites.

Maintenant que la maison d'en face est partie, les travailleurs reprennent leurs machines pour aplanir le sol et redresser la fameuse courbe. Mais la joyeuse bande des petits mangeurs de bonbons entre en action.

— J'te gage qu'on va trouver des trésors dans la cave de la maison déménagée, prédit Thomas. Si on trouvait des vieux pots pleins de sous noirs, par exemple, on achèterait tous les bonbons qu'on veut !

— Je suppose que les revendeurs de vieilleries vont venir fouiner, rouspète Julien.

— Il suffit d'arriver en premier, dit

Juliette en entraînant ses compagnons.

Les trois enfants se précipitent dans ce qui reste du sous-sol de la maison et se mettent à inspecter les lieux. Mais le contremaître ne l'entend pas de cette oreille.

— Ouste ! les gamins ! Foutez-moi le camp.

Les trois fureteurs ne vont pas renoncer si vite à leur course au trésor. Alors ils prennent leur temps, faisant fi des rappels à l'ordre. Ils retournent du bout du pied quelques vieilles caisses de bois pourri, un petit tonneau défoncé et de vieux débris. Pas le moindre vestige intéressant ! Pas le moindre bocal de sous noirs !

Déçue, Juliette se penche sur un petit monticule bien visible dans le minuscule jardin encore intact. Et soudain, par-dessus le bruit et les appels répétés du contremaître, elle pousse un cri.

— Hé, les gars, venez voir ça !

Dans la terre remuée, au pied de ce qui reste d'un buisson bien aplati par le passage des roues, gît une longue boîte de bois éventrée et à moitié rongée. Dedans, rangés soigneusement, dirait-on, se trouvent des os bien blancs ! Un **squelette** !

Accourus, Thomas et Julien ouvrent de grands yeux et se figent sur place, tandis que le contremaître continue de hurler.

— Allez-vous sacrer le camp, p'tits morveux !

Les garçons tournent déjà les talons, mais Juliette rassemble son sang-froid. Elle plonge les mains dans la terre et attrape la boîte d'os. Puis, les bras chargés, elle se sauve à toute vitesse.

Les deux garçons reprennent leurs esprits et suivent Juliette et son fardeau en haletant. Ils ne sont pas très fiers d'avoir laissé voir à quel point leur courage faisait défaut. Trop tard pour crâner !

— Hé ! Attends ! crie Julien.

— Où vas-tu ? balbutie Thomas.

Juliette sait très bien où elle se dirige. Au dépanneur, chez Elvira. Devant la porte arrière encombrée de caisses et de poubelles, elle pose sa boîte par terre et frappe à la porte avec force.

— Elvira ! Ouvrez ! Vite !

Thomas et Julien articulent enfin à voix haute les questions que les trois enfants se posent.

— Faudrait-il appeler la police ? D'où vient ce cadavre ? Qui d'autre que nous est au courant ?

Elvira arrive enfin et tous trois s'engouffrent dans la maison.

6

Une boîte
pleine d'os

 **« Si quelqu'un s'y con-
naît en squelette, c'est
bien Elvira »**, pense
Juliette. Aussitôt la porte
refermée, elle dépose son fardeau par
terre et dit :

— Regardez ce qu'on a trouvé !

Elvira se penche sur la boîte et se relève
en souriant. Devant elle, trois paires d'yeux
ronds et des lèvres tremblantes attendent.

— Où avez-vous pris ça ? demande
Elvira.

— C'était...

— Dans le...

Juliette fait signe aux garçons de se taire. C'est à elle que revient l'honneur de raconter **sa** trouvaille.

— Derrière la maison déplacée. Juste en dessous d'un buisson. Pensez-vous qu'il y a eu... un meurtre? Est-ce que c'est permis d'enterrer les gens en dehors des cimetières?

— On cherchait un trésor..., ajoute Thomas.

— Maintenant, on est pris avec ça! se lamente Julien dont le père est policier.

Doucement, Elvira touche les os de la boîte et les soulève un à un. Les enfants, terrifiés, l'observent en silence. Et soudain, Elvira est secouée d'un grand éclat de rire. Elle rit, elle rit et n'arrive pas à s'arrêter. Les trois enfants, encore plus inquiets, se demandent s'ils ont bien fait de lui demander conseil. Puis, enfin, Elvira s'arrête de rire et dit d'un ton très sérieux :

— Mes amis, ce n'est pas le squelette d'une personne ; c'est celui d'un chien !

Elvira a rangé la boîte pleine d'os dans un placard et promis aux enfants de ne rien dire. Cette découverte l'a rendue un peu nostalgique. Elle se met à penser au temps jadis où elle vivait à Mandigo Corners. Enfant, elle avait eu un gros chien noir, un terre-neuve, comme compagnon de toutes ses journées. Il s'appelait Thunder. «*Oh ! Thunder, I loved you so much !**» songe-t-elle en remuant dans sa tête de doux souvenirs. Bien sûr, le chien noir avait fini par mourir de vieillesse. Ah ! quel chagrin lui avait causé sa mort ! «Et est-ce qu'on ne l'avait pas enterré quelque part dans le jardin ?» se demande-t-elle.

Pêle-mêle, des images surgissent dans sa mémoire. Elle revoit la bonne bouille du chien, assis devant sa niche au pied d'un gros érable ; elle revoit les visages

* Oh ! Tonnerre, je t'aimais tant !

aimés et les longues galeries qui entou-
raient les maisons de bois.

La nuit venue, Elvira ressort la boîte
d'ossements du placard. Pendant des
heures, elle s'amuse à remettre en place
les os du chien inconnu. Elle reconstitue
patiemment le squelette tout en lui parlant
comme elle le faisait avec Thunder. Mais
puisque sa vie se déroule maintenant tout
en français, elle traduit le nom de son vieux
compagnon du temps passé. Elle appelle le
chien en os « Tonnerre ».

— Mon cher Tonnerre, s'écrie-t-elle. À
défaut d'avoir un compagnon vivant, je
ferai de toi ma mascotte. Tu seras mon
porte-bonheur ! Je vais te remettre sur
pattes, tu vas voir.

Elle finit par réussir à placer et à fixer
presque tous les os de la boîte. Le
squelette tient debout ! Mais il reste une
poignée de petits os qu'elle observe en
pensant : « Où vont donc ces os-là ? »

Elle tourne autour du chien et tente de trouver un endroit où les poser. Sur les oreilles ? Non, c'est impossible. Voyons, il n'y a pas d'os dans les oreilles ! Et soudain, elle a une idée. La queue ! Ça doit être les os de la queue ! Vite Elvira pose délicatement le premier os, puis place les autres suivant leur taille et enfin le tout petit dernier !

— Hourra ! lance Elvira, enchantée de voir que la boîte est entièrement vide.

7

Un vrai
compagnon

 **Tout à coup, sous le regard ébahi d'Elvira, le squelette se secoue.** Et il se met à remuer la queue comme tous les chiens contents. Elvira se demande si elle rêve.

— Tonnerre ! murmure-t-elle en fixant ses yeux sur l'animal.

Puis voilà que le chien lève la tête vers elle et émet un petit « arf » plutôt réjouissant. Enfin, il se met à marcher, faisant résonner de ses pas le plancher de bois. Sa première surprise passée, Elvira trépigne

de joie. Son ardent désir d'avoir un compagnon se trouve merveilleusement comblé.

— C'est génial !

Le chien fait le tour des lieux sans
cesser de bouger la queue, inspectant le
moindre recoin. Il a l'air satisfait de son
nouveau logis.

Tout au long de la journée, Tonnerre
et Elvira ne se séparent pas d'un poil. Et
voilà qu'un peu avant la fin du jour, Elvira
remarque deux personnes qui s'affairent
autour du magasin. Tonnerre grogne. Des
voleurs ? « Des inspecteurs de la voirie
peut-être », pense plutôt Elvira. Les
inconnus prennent des photos et entrent
au dépanneur. Un homme barbu tient à la
main une espèce de carte et une dame
prend des notes dans un carnet. Elvira,
intriguée, les écoute discuter.

— Mais oui, dit le barbu en montrant
son plan. Le magasin général était là et
juste en face, dans le tournant où on a ôté

la maison, autrefois il y avait la maison Snow. Une grosse ferme.

— Vous êtes sûr que la maison enlevée était construite sur le site de la ferme des Snow ? interroge la dame en pointant du doigt l'endroit précis où la route a remplacé le jardinet.

— Absolument sûr ! déclare le monsieur.

En entendant ces mots, Elvira ressent une grande joie. Elle se contente de sourire sans dire un mot. La dame va vers elle et dit :

— Bonjour mademoiselle. Nous sommes de la Société d'histoire locale. Ça ne vous dérange pas si on prend des photos de votre maison ?

— Pas du tout, répond Elvira. Mais..., c'est vrai ce que vous disiez à propos d'une maison de ferme...

— Ah ! mademoiselle, ce village ne s'est pas toujours appelé Saint-Sébastien, vous savez. Il y a une centaine d'années, ici même, il y avait un autre village... appelé Mandigo Corners. Les routes étaient rares.

— On a tous les vieux papiers qui nous le confirment, intervient le barbu, brandissant sa serviette bourrée de documents. C'est clair et net.

— Vous savez, on prépare un livre qui va raconter l'histoire détaillée de ces lieux, ajoute la dame.

Elvira boit littéralement leurs paroles. Par la fenêtre, les deux spécialistes lui indiquent précisément où se trouvait la maison de ferme des Snow.

— Juste là, en face. Une grande maison de bois avec des arbres tout autour. La maison qu'on a retirée était construite au même endroit. On va aller voir s'il en reste des traces, dit la dame. Mais, ça fait si longtemps...

— Il ne doit rien rester, voyons ! renchérit le monsieur. Les gens ont la manie de tout raser, même les beaux arbres ! Ah !

mademoiselle, c'était bien avant votre temps, tout ça! Les dépanneurs n'existaient pas.

Les deux visiteurs arpentent une dernière fois les lieux puis, satisfaits, ils prennent congé d'Elvira tout en continuant leurs discussions animées.

Elvira, elle, se penche vers son chien et lui caresse amoureusement la tête. Elle lui dit:

— Tonnerre! Je le savais que c'était toi! Quel bonheur de se retrouver! Ah! tu vas voir la belle vie qu'on va se faire tous les deux!

— Ouaf! fait Tonnerre.

Table des matières

LE PLUS DE
Plus

Réalisation :
Geneviève Mativat

Une idée de
Jean-Bernard Jobin
et Alfred Ouellet

Avant la lecture

Une histoire fantastique !

Depuis toujours, des écrivains s'amusent à nous faire peur avec des histoires de fantômes. Ces récits inspirés par le surnaturel sont appelés « récits fantastiques ». Plusieurs écrivains sont de véritables spécialistes du fantastique.

En 1845, Edgar Allan Poe est devenu célèbre en écrivant l'histoire d'un homme poursuivi par un spectre ressemblant à un corbeau. En 1887, Guy de Maupassant a terrifié ses lecteurs avec les mésaventures d'un individu tourmenté par un être invisible nommé Le Horla. La même année, Oscar Wilde a publié un roman intitulé *Le fantôme des Canterville*. On peut y lire les aventures d'une famille habitant une vieille demeure hantée.

Aujourd'hui, Cécile Gagnon te raconte les péripéties d'Elvira la revenante de Saint-Sébastien. Elvira retourne parmi les vivants après avoir vécu au cimetière pendant plus de 140 ans ! N'aie pas peur et plonge dans ton livre, car il te fera rire plus que trembler.

Pour mieux comprendre

Pour mieux comprendre les aventures d'Elvira, essaie de trouver le sens des mots en caractères gras. Pour y arriver, suis ces trois conseils.

- Lis bien la phrase et concentre-toi sur son sens.
- Commence par le mot qui te semble le plus facile.
- Aide-toi du dictionnaire.

1. Elvira est une personne simple, elle n'est pas **faraude**.
2. Elvira dort au chaud sous sa **courtepointe**.
3. La pelle mécanique est remplie de **gravats**.
4. Pour cacher ses os, Elvira porte un **sarrau**.
5. Certains habitants de Saint-Sébastien manquent de bienveillance et font circuler des **ragots**.

a. Blouse de travail
b. Bavardages malveillants
c. Couverture piquée et ouatinée
d. Prétentieuse
e. Décombres de démolition

146 ans de progrès

Elvira est morte depuis 146 ans. Elle décide de retourner auprès des vivants. D'après toi, que connaît-elle déjà et que va-t-elle découvrir? Dans la liste qui suit, trouve les choses qui risquent de surprendre notre amie la revenante.

1. Les motos
2. Les bonbons colorés
3. Les courtepointes
4. Le Pepsi glacé
5. Les bulldozers
6. Les volets
7. L'électricité
8. Le réfrigérateur
9. Les gants de caoutchouc
10. Les maisons de bois

Au fil de la lecture

As-tu bien compris ?

1. Où travaille Elvira ?
   a. Au cirque de monsieur Bidon.
   b. Au dépanneur de monsieur Truchon.
   c. Au restaurant de monsieur Piochon.

2. Qu'est-ce qui réveille brutalement Elvira ?
   a. Le chant des mouettes.
   b. La grande parade des tambours et majorettes de Saint-Sébastien.
   c. Le bruit de travaux de la voirie.

3. Que trouvent les enfants de Saint-Sébastien ?
   a. Une lampe magique.
   b. Un crapaud chantant.
   c. Des ossements.

4. Autrefois, que trouvait-on face au magasin général de Mandigo Corners ?
   a. Une écurie.
   b. Un moulin.
   c. La ferme d'Elvira.

Elvira au passé

L'auteure de ton livre a parsemé son récit de détails sur l'existence d'Elvira. Plusieurs de ces détails t'informent sur la vie d'Elvira avant qu'elle ne s'installe chez monsieur Truchon. Dans la liste qui suit, trouve les quatre phrases qui reconstituent le passé d'Elvira.

1. Elvira a passé 146 ans dans une file d'attente.
2. Elvira a passé 146 ans au cimetière de Mandigo Corners.
3. Elvira est revenue au village le soir de la Saint-Patrick.
4. Elvira est revenue au village un soir d'Halloween.
5. De son vivant, Elvira parlais anglais.
6. De son vivant, Elvira parlait chinois.
7. Autrefois, Elvira avait un terre-neuve noir.
8. Autrefois, Elvira avait un cochon d'Inde.

Elvira, la skinhead

Elvira est un squelette, elle a donc perdu tous ses cheveux. C'est pour cela qu'elle est soulagée lorsqu'elle s'aperçoit que la mode est aux cheveux rasés. Dans la liste qui suit, trouve les mots ou les expressions liés à une tête sans cheveux.

1. Le sabot
2. La boule à zéro
3. Sans un poil sur le caillou
4. La patine
5. Le marbre
6. Tête nu-fesses

Les astuces d'une revenante

Elvira a été absente pendant très longtemps. Elle connaît mal le monde moderne. Elle craint qu'on ne découvre qu'elle est une revenante. Elle fait donc tout pour s'intégrer à la société. Dans la liste, identifie les astuces qu'Elvira utilise pour s'adapter à sa nouvelle vie.

1. Elvira examine les étiquettes des produits qu'elle ne connaît pas.
2. Elvira répond vaguement aux questions qu'on lui pose.
3. Elvira chante dans le métro.
4. Elvira dissimule ses os avec un sarrau et des gants.
5. Elvira pose des questions.
6. Elvira boit de la bière.
7. Elvira apprend à danser la polka.

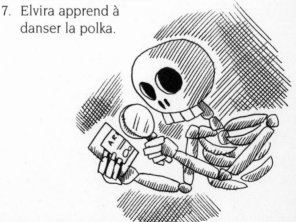

Le petit monde de Saint-Sébastien

Au fil de ta lecture, tu as appris à connaître les gens de Saint-Sébastien. Regarde les listes et relie les bonnes personnes à la bonne définition.

1. Les motards
2. Monsieur Truchon
3. Les employés de la voirie
4. Thomas, Juliette et Julien

a. Ils aiment les bonbons.
b. Ils achètent de la bière.
c. Il déménage en Afrique.
d. Ils adorent le Pepsi glacé.

Après la lecture

Visiteur de dernière heure

Elvira est morte il y a 146 ans. La mort est le sujet de nombreux mythes et légendes. Chaque culture lui donne un messager avec un visage et un nom différents. Dans tous les cas, celui qui aperçoit le messager de la mort est perdu.

En Écosse, on appelle ce messager Banshee. Ce mot signifie « lavandière ». Lorsqu'un individu est destiné à mourir sous peu, on dit qu'il aperçoit la Banshee en train de laver des linceuls.

En Bretagne, dans le Finistère, les gens craignent l'Ankou qui est l'ouvrier de la mort. L'Ankou est un homme vêtu de noir, qui emporte les âmes défuntes dans une charrette. Celui qui entend le bruit de la charrette sait que sa fin est proche.

Dans le Nord de l'Angleterre, les gens affirment qu'un énorme chien noir aux yeux rouges est au service de la mort. Ce chien est nommé « Skriker » et celui qui le rencontre n'en a plus pour longtemps !

Une collection d'engins

Devant le dépanneur d'Elvira s'activent toutes sortes d'engins. Les connais-tu? Pour le savoir, essaie d'identifier chacune des machines ci-dessous.

1. Une grue
2. Un bouteur
3. Un camion-benne
4. Une pelle hydraulique

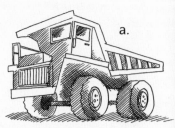

a.

b.

c.

d.

Une passion pour le passé

Les gens de la société d'histoire de Saint-Sébastien sont passionnés par l'histoire de leur village. Beaucoup de gens gagnent leur vie en tentant de mieux comprendre le passé. Essaie de relier le bon métier à la bonne définition.

1. Paléontologue
2. Archéologue
3. Archiviste
4. Restaurateur

a. Personne qui répare les objets d'art anciens.
b. Personne qui s'occupe des documents historiques.
c. Personne qui étudie les fossiles.
d. Personne qui cherche de vieux objets dans le sol.

Maître-chien

Tu rêves peut-être d'avoir un chien comme celui d'Elvira. Es-tu vraiment prêt à t'occuper d'un compagnon à quatre pattes? Pour le savoir, réponds par vrai ou faux aux questions qui suivent.

1. Un chien se lave tout seul.
2. Un chien doit être sorti tous les jours.
3. Un chien peut suivre son maître partout.
4. Un chien doit recevoir des vaccins.
5. Un chien vit au maximum 20 ans.

Solutions

Avant la lecture

Pour mieux comprendre
1. d ; 2. c ; 3. e ; 4. a ; 5. b.

146 ans de progrès
1, 4, 5, 7, 8, 9.

Au fil de la lecture

As-tu bien compris ?
1. b ; 2. c ; 3. c ; 4. c.

Elvira au passé
2, 4, 5, 7.

Elvira, la skinhead
2, 3, 6.

Les astuces d'une revenante
1, 2, 4, 5.

Le petit monde de Saint-Sébastien
1. b ; 2. c ; 3. d ; 4. a.

Après la lecture

Une collection d'engins
1. b ; 2. d ; 3. a ; 4. c.

Une passion pour le passé
1. c ; 2. d ; 3. b ; 4. a.

Maître-chien
1. faux ; 2. vrai ; 3. faux ; 4. vrai ; 5. vrai.

Dans la même collection

* Texte également enregistré sur cassette.